Anne-Ma

Illustrations de Cl

Une rentrée
qui déménage...

Castor Poche

chapitre 1

Une rentrée
qui déménage...

Pour tous les enfants qui partent « en pension » cette année...

Je remercie Marion Wasinta, assistante d'éducation en collège,
pour ses précieux renseignements sur l'emploi du temps
et le quotidien d'une classe de sixième actuelle.

A.-M. P.

www.editions.flammarion.com

L'heure H

– **J**e n'irai pas !

V'lan ! Fleur claque la porte et, dans une envolée de cheveux blonds, elle se jette à plat ventre sur son lit. Pour pleurer.

Dix secondes plus tard, Maman entre.

– Tu as onze ans, soupire-t-elle, tu dois être « raisonnable »...

Autrement dit, Fleur est forcée d'accepter cet événement abominable : aujourd'hui, dimanche 3 septembre, elle part en pension.

– NON !

Le visage enfoui dans sa collection de peluches multicolores, elle hoquette :

– Je n'irai pa-a-a-as !

– *Il est trop tard pour reculer...* riposte Maman.

Cette réplique clôt les épisodes du *Détail qui tue*, la série télé dont elle est l'actrice principale. Et quand Jessica Jewel parle comme le personnage qui a fait sa gloire, une policière sans pitié, bonjour les dégâts !

Sa fille lui jette un coup d'œil inquiet, mais Maman sourit.

– C'est la meilleure solution, ma chérie. Cette année, je vais enchaîner les tournages, tu le sais, je ne pourrai pas m'occuper de toi et...

Son sourire s'accentue.

– ... au collège Mont-Rose, tu te trouveras enfin des copines !

– Tu parles.

Fleur n'a pas une seule amie, et cette épine lui écorche le cœur. Dans les livres, il y a toujours des copines à-la-vie-à-la-mort. Est-ce que ça existe pour de bon, ce genre d'amitié, dans la vraie vie ? Fleur se le demande.

– Tu te feras des copains, alors, insiste sa mère, puisque le collège est mixte.

– Les garçons ? Merci ! Ils sont tous idiots.

Silence.

– Allez, finit par murmurer Jessica Jewel, maintenant, on y va.

Le collège Mont-Rose se trouve à 60 kilomètres de Paris, la rentrée a lieu à 16 heures, et il est 15 heures… Il ne faut plus traîner !

Vaincue, Fleur attrape par une patte son doudou préféré, Aristote ; elle l'enfourne en reniflant dans son mini-sac à dos rose bonbon…

Direction : la pension !

– En voiture ! s'écrie M. Perrot, le papa d'Anaïs.

Arc-bouté derrière la grille du pavillon, Zorro, le chien, un bâtard aussi hirsute qu'un chardon, pousse un hululement d'adieu. Toute la famille accompagne Anaïs au collège – sauf lui.

C'est peut-être injuste.

Glissant la main entre les barreaux, elle lui fait une dernière caresse.

– Tchao, mon Zorro…

9

Puis, d'un bond, Anaïs grimpe dans le mono-space. Papa ferme la portière. À l'arrière, le bébé, Noé (neuf mois), trône sur son siège, et les jumeaux, Matéo et Bénito (huit ans), surexcités comme d'habitude, se battent pour la console.

Les ceintures bouclées, M. Perrot démarre. Anaïs regarde défiler les immeubles et les maga-sins de sa banlieue. Lise Perrot, assise à l'avant, se retourne vers sa fille. Elles sont aussi rousses l'une que l'autre.

– Ça va, mon petit écureuil ?

– Super !

Anaïs rêve d'aventures…

Or la pension est une sorte d'aventure…

Donc, vive la pension !

– Cette année, dit alors Julien Perrot, tâche de réussir *ta deuxième sixième*, hein ?

ET PAN !

Ses parents l'ont mise en pension parce qu'elle redouble. Papa pourrait éviter de le lui rappeler, non ? Elle lui en veut trois secondes, mais au lieu de ruminer, elle préfère imaginer sa pension : Mont-Rose !

Un joli nom, n'est-ce pas ?

Ce sera génial, là-bas…

chapitre 2

Bienvenu(e) !

À Mont-Rose, un château du XIXᵉ siècle, bâti sur une colline et entouré de grands arbres, c'est le compte à rebours !

3, 2, 1, 0…!

Tout est-il prêt pour l'arrivée des premiers internes ?

M. Mandois, le directeur, a jeté un dernier coup d'œil à *son* collège. Il a inspecté la tour ouest, le domaine des garçons, puis la tour est, où logent les filles. Il a parcouru les salles de classe, a arpenté la cantine et, après s'être arrêté au CDI, il a vérifié le confort de la salle télé…

Conclusion : RAS – rien à signaler !

Ou, plutôt, signalons que Mont-Rose est en parfait état de marche. M. Mandois, tranquillisé, se rend alors dans le hall, un endroit magnifique, pavé de marbre noir et blanc, avec un grand lustre au plafond, souvenirs du temps où le château était une résidence privée.

L'équipe pédagogique y attend déjà les élèves. Le directeur adresse un petit signe à Mlle Keller, l'éducatrice des sixième. Elle accourt.

À Mont-Rose, il y a un « éducateur » par classe. Ils sont là pour consoler, aider, ou encourager les pensionnaires ayant des difficultés scolaires ou juste un gros, gros cafard…

M. Mandois annonce à Mlle Keller qu'elle va accueillir une interne… particulière : la fille de Jessica Jewel !

– Celle-ci m'a téléphoné ce matin pour m'avertir.

Le directeur n'en dit pas plus et plante là l'éducatrice, intriguée, enchantée, bref toute chamboulée. Jessica Jewel est son actrice préférée.

Chouchouter sa petite fille ? Évelyne Keller s'y voit déjà !

M. Mandois est sorti une minute.

Les parents doivent arriver par l'allée centrale : pourvu que le parc leur fasse bon effet ! Le directeur scrute les alentours.

Voyons…

Devant le perron, l'esplanade qui sert de parking est impeccable. Sur la gauche, à 50 mètres, le terrain de foot est plus vert qu'un gazon anglais. À droite, la « cour de récréation » ressemble à un jardin, avec ses grands arbres et sa gloriette en fer forgé…

OUF !

Tout est parfait.

À cet instant, une voix pointue tombe du ciel :

– Hé, papa, regarde, une surprise !

M. Mandois, alarmé, lève le nez. Penché au balcon du premier étage (le balcon de SON bureau), un gamin, barbouillé de peinture, vient d'y accrocher…

– QUOI ?

… une banderole, c'est bien ça, où ces mots ondulent en lettres dégoulinantes, couleur rouge sang :

BIENVENU À MONT-ROSE

– ULYSSE ! hurle M. Mandois. Qui t'a demandé d'orner la façade ? En plus, tu as fait une faute d'orthographe ! Décroche ce truc immédiatement… !

Trop tard !

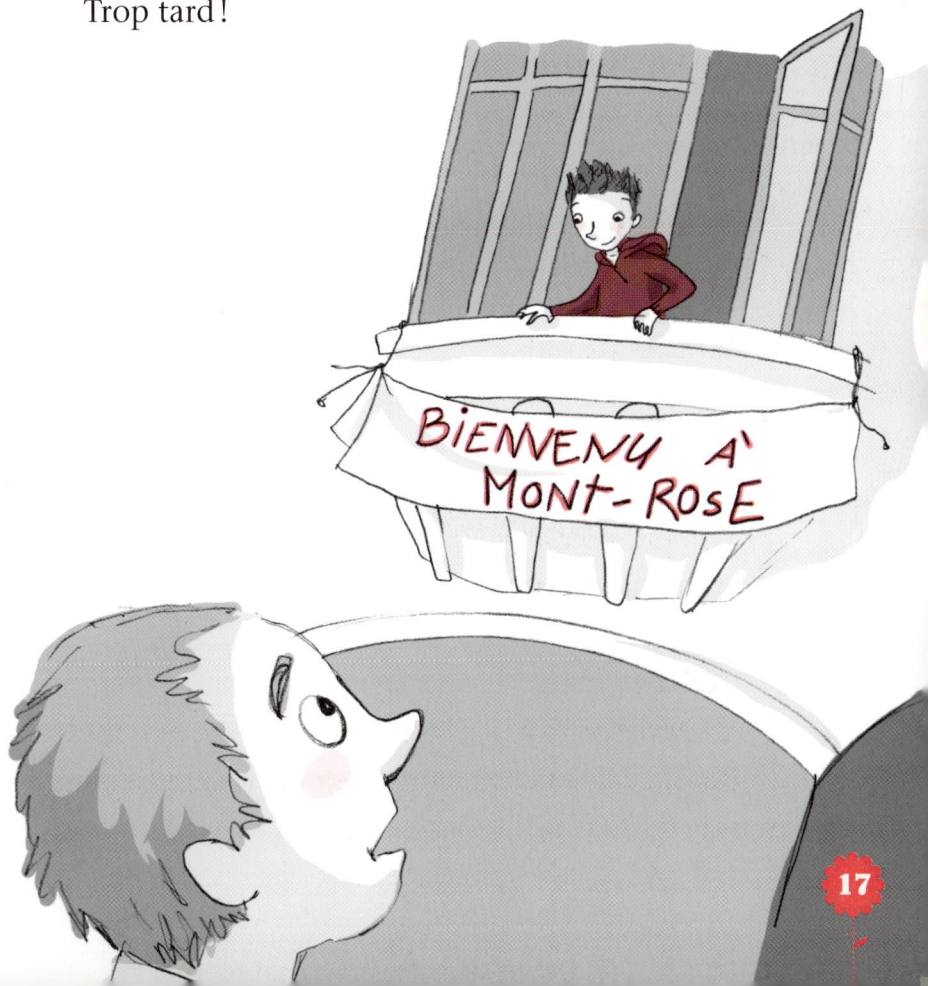

Une voiture vient d'apparaître au bout de l'allée : elle amène le premier pensionnaire de la rentrée. M. Mandois se rue à l'intérieur du bâtiment et, s'élançant dans l'escalier de marbre, monte quatre à quatre à son bureau.

Ulysse n'y est plus.

« Il est impossible à un veuf d'élever, seul, un fils de onze ans… » pense M. Mandois – une fois de plus.

Il réprime un soupir, s'assied à sa table et s'apprête à recevoir les parents.

Les premiers arrivés, M. et Mme Joigny, entrent, précédés de Jade, leur fille, une ravissante poupée asiatique – aussi menue, délicate et brune qu'ils sont blonds et rondouillards.

– Cette banderole, monsieur le Directeur, comme c'est gentil ! s'exclame Mme Joigny.

M. Mandois, le regard fuyant, se racle la gorge.

– Je suis content de te revoir pour la deuxième

année chez nous, Jade ! s'écrie-t-il. Tu feras une très bonne cinquième, je suis certain.

Jade sourit.

– Moi aussi, j'en suis certaine.

Depuis le CP, elle a toujours bien travaillé, alors… !

Le directeur lui sourit aussi.

– Tu es vraiment une élève parfaite et, aujourd'hui, je te propose de coacher des nouveaux…

À Mont-Rose, le jour de la rentrée, certains « anciens », triés sur le volet, pilotent les « nouveaux » à travers la maison.

Jade rosit de fierté.

Chapitre 3

Un plan super-top !

De monumentales « lunettes d'incognito » sur le nez, Jessica Jewel conduit vite (et bien) son coupé, gris métallisé. Elle cingle vers le nord. Maintenant, Paris est loin, très loin derrière.

Fleur lâche un gros soupir.

– À quoi penses-tu, ma petite-fleur-des-champs ?

– Je pense que tu es bien contente de te débarrasser de moi.

– Continue sur ce ton et ce sera la « soufflante » ! la rembarre aussitôt Jessica Jewel.

Parfois, son vernis de star se craquelle... et ça tourne très, très mal ! Fleur n'insiste pas. Elle jette un coup d'œil à la pendulette du tableau de bord : 15 h 45.

Oh ! là là !

Plus que quinze minutes de liberté !

Et chaque tour de roue grignote un peu du temps qui reste ! Fleur voudrait poser la tête sur l'épaule de Maman, mais elle n'ose pas.

– Ma chérie…

La voix de sa mère la fait sursauter.

– … je vais te donner un bon conseil !

– Me laver les dents tous les matins et tous les soirs ? Je suis au courant !

Jessica Jewel ne relève pas cette insolence.

– Sois un peu positive, Fleur, dit-elle, et tu verras comme ta vie changera.

– Justement, moi, j'ai envie qu'elle reste pareille. On n'en sortira jamais !

Maman, agacée, tourne le bouton de la radio. Un mur de musique la sépare de Fleur, comme si c'était le moment, à une demi-heure de se quitter !

Elle est étranglée par la colère, ou le chagrin. Et puisque c'est comme ça…

MOI, JE M'ÉCHAPPERAI DE LA PENSION…

Voilà.

Ça apprendra à sa mère !

On en parlera dans les journaux, c'est sûr.

« La fille de Jessica Jewel a disparu !... Le malheur des enfants de star... La solitude luxueuse d'une mal-aimée... »

Quel ramdam ! Et la tête de Maman... ! Elle sera bien forcée de la reprendre à la maison ! Ou alors, c'est Papa qui décidera de la garder... et pas seulement pendant les vacances !

Ça, c'est un plan ! Un super-plan ! Le top !

Fleur sourit.

– Ton moral va mieux, on dirait, dit sa mère.
SI ELLE SAVAIT… !

Telle Blanche-Neige, Fleur fuit entre les arbres noirs ;
ses longs cheveux font, derrière elle, une comète d'or…

Ma parole !

C'est comme si c'était fait !

chapitre 4

Deux futures copines...

À la sortie de l'autoroute, maman a branché le GPS; une voix désincarnée lui intime:

À 200 mètres, prenez la Route de la Forêt et...

Fleur a l'impression qu'une sorcière invisible les guide vers un horrible château, plein de pièges.

... tournez à gauche!

Jessica Jewel débouche dans un petit village – Vieux-Bourg –, le traverse et, de là, suit le chemin qui grimpe vers le sommet d'une colline boisée...

Bifurquez à droite.

Ça y est! On arrive à Mont-Rose.

Au-delà du portail grand ouvert, les «arbres noirs», massés de part et d'autre, semblent se pencher sur l'allée centrale qui conduit à cet horrible château...

Fleur se met à pleurer.

Dans le brouillard de ses larmes, elle voit se rapprocher à toute vitesse les deux tours carrées de Mont-Rose...

Elle se mouche avec désespoir, pendant que Mme Jewel range sa voiture, sur l'esplanade, à côté d'un monospace qui vient à peine de se garer.

Sa portière s'ouvre.

Une fille en jean et tee-shirt saute dehors... zou! Quelle énergie! Ses cheveux roux font des courtes flammèches autour de son visage rond, et... elle a l'air CON-TEN-TE!

Descendu en même temps qu'elle, son papa ouvre le coffre pour y récupérer un sac à dos rebondi, plus un vieux cartable prêt à éclater...

– Tiens, prends-le, Anaïs! dit-il à la rouquine.

S'éjectant alors du monospace, deux gamins piaillent en chœur:

– Attends, on va t'aider!

Ils se disputent le cartable. Leur père endosse le gros sac... hop!

Fascinée par cette famille nombreuse, Fleur se sent atrocement «fille unique».

– Bouge-toi, mon chou! s'impatiente Maman.

Fleur sort du coupé, tandis que la mère d'Anaïs s'extirpe de l'Espace. Cette dame n'est pas aussi chic que Jessica Jewel, mais elle porte dans ses bras «quelque chose» que maman ne possède pas: un bébé.

LA CHANCE...

Anaïs a un petit frère – le rêve de Fleur! Elle adorerait que la grande sœur le lui prête... oh! juste cinq minutes! À cet instant, l'actrice ôte ses «lunettes d'incognito». Coup de théâtre! Les parents d'Anaïs s'écrient:

– Jessica Jewel!

Celle-ci leur adresse son sourire (de vedette), avant d'exhumer du coffre les affaires de Fleur: une valise toute neuve, un cartable rutilant plein à ras bord, assorti à un adorable petit sac à dos, et une veste magnifique, rouge à boutons dorés.

«Un vrai habit pour fille de star...» pense Anaïs.

Elle observe Fleur, sans pouvoir s'en empêcher. Elle est trop jolie... et si bien habillée... elle a l'air un peu triste, aussi... et tellement gentille! Si elles pouvaient devenir copines, ce serait super!

Anaïs se lance.

– Tu entres en quelle classe? demande-t-elle à la «fille de star».

– En sixième.

– Moi aussi!

Elles se sourient.

À cet instant, une horloge invisible égrène les quatre coups de 16 heures.

« Il est trop tard pour reculer... »

– Fleur, dépêche-toi, dit sa mère.

S'emparant des bagages, elles se dirigent vers l'entrée du bâtiment. La famille nombreuse les suit.

– Oh ! tu as vu, maman ?

Fleur désigne le calicot taché de peinture qui pendouille au-dessus de la porte.

– À quoi rime cette horreur ? s'exclame Jessica Jewel.

– C'est un message de bienvenue, tiens.

Et Anaïs remarque :

– Drôlement sympa, hein ?

– Oui, drôlement sympa ! acquiesce Fleur.

Quoique...

Ce message ne suffit pas à lui remonter le moral...

Chapitre 5

... + *une troisième !*

La famille nombreuse sur les talons, l'actrice et sa fille pénètrent dans le hall bondé de Mont-Rose.

Oh! là là! Quel brouhaha!

Fleur en attrape illico le tournis; Anaïs, elle, trouve ça plutôt marrant! La discipline de Mont-Rose ne semble pas trop stricte. Les «anciens» (filles et garçons) se retrouvent... et ils se hèlent... et ils rigolent... et ils se font la bise! Ça galope dans l'escalier.

Les «nouveaux», eux, tels des poussins effarés, sont réfugiés sous l'aile de leurs parents – lesquels attendent d'être reçus par le directeur.

La gorge serrée, Fleur s'agrippe brusquement à sa mère.

– Voyons, ma chérie, chuchote celle-ci, tu n'as plus trois ans...

– Dommage !

Aussitôt, Anaïs pose la main sur l'épaule de Fleur.

– T'inquiète, ce sera cool, ici.

– Comment tu le sais ?

– JE LE VOIS.

Fleur pouffe de rire – malgré elle.

– Tu as apporté ta boule de cristal ?

– Pas besoin ! s'esclaffe Anaïs. J'ai « l'œil laser ».

Sur ces entrefaites, une grande bringue affublée d'une jupe plissée bleu ciel et d'un cardigan assorti se précipite de leur côté. Elle porte un badge indiquant :

Mlle Keller

6^e

– Madame Jewel, balbutie-t-elle, la bouche en cœur.

Encore une fan du *Détail qui tue*...

Elle n'est pas la seule ! Quand retentit le glorieux nom de l'actrice, dix curieux se retournent.

Fleur rougit.

Ces gens dévisagent sa mère, certes, mais elle aussi ! Ensuite, ils ragoteront.

Fille de star, c'est l'horreur !

Là-dessus, Maman lui flanque un coup de coude, pour qu'elle écoute Mlle Keller.

– Je suis ton éducatrice, ma petite Fleur… commence-t-elle.

– Et aussi celle de ma fille Anaïs ! se permet d'intervenir Mme Perrot.

Obnubilée par son actrice favorite, Mlle Keller a zappé la famille nombreuse, et tâche de rattraper sa bévue.

– En effet, affirme-t-elle avec enthousiasme, mon rôle est d'être présente pour chaque enfant de sixième qui aura besoin de mon aide…

Fleur l'interrompt.

– Je n'ai besoin de personne, moi !

Anaïs en reste baba : elle est super-gonflée, la fille de star ! Mlle Keller, elle, a l'air d'avoir croqué dans une dragée au poivre. Quand elle a réussi à l'avaler, elle claironne :

– JADE JOIGNY !

Ayant laissé ses parents en plan, celle-ci accourt.

– Ma petite, lui dit l'éducatrice, voici deux nou-

velles sixième. À toi de les piloter dans Mont-Rose.

Jade leur sourit.

– Salut !

– Moi, c'est Anaïs Perrot ! trompette la rouquine.

Puis, elle présente fièrement la fille de la star, un peu sa propriété, puisqu'elle l'a connue en premier.

– Tu sais, c'est Fleur JEWEL…?

– Non, pas Jewel, proteste Fleur. FONTANA.

Et zut! Sa mère est célèbre, mais elle porte le nom de son père. Ils ont divorcé depuis longtemps. N'empêche. Elle tient à s'appeler comme lui. Après cette mise au point, Fleur n'ose plus trop regarder Maman.

Les trois pensionnaires échangent les bises de rigueur.

Mlle Keller (à mi-voix):

– Tout se déroule à merveille, vous voyez, Madame Jewel?

L'actrice (avec un soupir):

– J'aimerais vous croire. Hélas, ma fille est imprévisible…

Fleur a tout entendu; ce mot la brûle comme une piqûre de guêpe.

Imprévisible…

Ça s'appelle une critique!

– Vous venez, les filles? s'écrie Jade. On monte d'abord au dortoir déposer les bagages.

– Et vos mamans peuvent vous accompagner, précise l'éducatrice.

Toutes deux refusent.

La mère d'Anaïs ne peut pas faire autrement. Le bébé Noé s'est mis à brailler...

– Il a faim, diagnostique Anaïs.

... et Lise Perrot le rapatrie vers la voiture pour lui donner un biberon! Quant à Jessica Jewel, elle a visité Mont-Rose cet été, avant d'y inscrire sa fille. Elle a vu le dortoir et tout le reste. Elle la laisse se débrouiller...!

– La pension est une école de la vie, dit-elle à Fleur. Dans ce cas...

Du courage! On y va!

– À tout de suite, Mam'...

Fleur empoigne valise à roulettes, sac à dos, veste rouge. Toujours «parfaite», Jade se charge du cartable. De son côté, Anaïs s'est ruée vers son père et les jumeaux pour récupérer son barda.

– Attendez-moi... les copiiiiiiiiines! supplie-t-elle à tue-tête.

«Les copines...»

Fleur savoure ce mot – bonbon étrange et délicieux. Pour la première fois de sa vie, elle a des «copines», on dirait. Par conséquent, elle en est une aussi!

Bon.

Ça ne durera pas, vu qu'elle va s'enfuir dans la forêt, mais c'est sympa!

Toutes les trois grimpent l'escalier à la queue leu leu.

Jessica Jewel suit Fleur des yeux. Au tournant, sa fille lui jette un coup d'œil éperdu; Maman y répond par un baiser du bout des doigts...

Ensuite, elle murmure à Mlle Keller:

– Même si je ne le montre pas, la séparation me bouleverse.

L'éducatrice hoche la tête, compatissante, puis elle se souvient qu'elle a déjà entendu cette phrase quelque part...

Ah! oui! Dans un épisode du *Détail qui tue*!

– D'ailleurs je ne sais pas, ajoute Mme Jewel, la larme à l'œil, si j'aurai le courage de dire au revoir à ma petite chérie...

Soudain, elle n'a plus rien d'une star jouant un rôle, mais tout d'une mère désolée de quitter sa fille...

chapitre 6

Le dortoir
des larmes

Les filles débouchent au premier étage.

Le grand escalier s'arrête là, sur un vaste palier ponctué par quatre portes fermées, deux à droite, deux à gauche. Un immense portrait orne le mur du fond. Armée d'un éventail, une élégante en crinoline blanche toise les trois pensionnaires d'un air altier…

– C'est qui ? demande Anaïs.

– L'ancienne propriétaire.

Fleur chuchote :

– On dirait qu'elle nous voit pour de bon.

Jade ne l'écoute pas. Elle désigne déjà la première porte, à droite :

– Le bureau du directeur…

Puis, elle pousse la seconde. Derrière son battant,

il y a un autre escalier, plus modeste, celui de la «tour des filles».

Ma parole, on se croirait au Moyen Âge!

– Y a des oubliettes ici? s'inquiète Fleur.

Anaïs s'esclaffe. La blonde proteste:

– Rigole pas! Une pension, de toute façon, c'est une oubliette, vu que les parents vous y «oublient»...

– Tu as de ces idées!

– Ben, moi, remarque Jade d'un ton supérieur, mes parents ne risquent pas de m'oublier: ils ont eu trop de mal à m'avoir.

Sur ces mots, elle s'élance dans l'escalier.

– Elle voulait dire quoi? murmure Fleur à l'oreille d'Anaïs.

– Peut-être qu'elle a été un bébé-éprouvette.

Ça alors!

Les sixième et les cinquième sont logées au deuxième étage: il faut tracter les bagages jusque-là! Au bout de trois marches, les deux filles ont zappé le mystère Jade. Fleur hisse sa valise avec peine. Elle pèse si lourd! Mais beaucoup moins que son cœur...

Jade les attend à l'entrée du « dortoir jaune ».

Il doit son nom, révèle-t-elle, à la frise représentant des canetons, qui court le long des murs.

– Mignon, hein ?

– Je n'aime pas les canards, répond Fleur.

Cette grande pièce rectangulaire l'épouvante. Des cloisons de bois la partagent en une vingtaine de petits boxes, dix d'un côté de l'allée centrale, dix de l'autre. Chaque interne a le sien, fermé par un rideau de coton bouton d'or.

– J'adore cette couleur ! s'exclame Anaïs.

À cette heure-ci, les rideaux sont presque tous ouverts. Les pensionnaires s'affairent.

On fait son lit…

On vide son sac ou sa valise…

On remplit son placard en bavardant à tue-tête entre «anciennes» !

– Moins de bruit, s'il vous plaît ! lance la surveillante.

Personne ne l'écoute. Avec sa queue-de-cheval blonde, ses jeans et son tee-shirt «I love NY», elle a plutôt l'air d'une grande sœur.

– Salut, les nouvelles ! lance-t-elle. Je m'appelle Élise.

Anaïs tire Fleur par la manche.

– J'avais raison : c'est drôlement cool, ici !

Si elle le dit… ! Mais Fleur se sent seule, seule, seule… et combien sa maman lui manque, soudain !

«Elle aurait dû monter avec moi… »

Il y a une «nouvelle» qui renifle dans les bras de la sienne. Alors, pourquoi pas elle ? Pendant que la surveillante coche sur une liste son nom, et celui

d'Anaïs, Fleur recule d'un pas. Dévaler les escaliers…
Se jeter au cou de Maman… L'implorer, la convaincre
et… vite, vite, vite… rentrer à Paris avec elle!

Hélas…

– Suivez-moi, je vais vous montrer vos boxes, dit
Élise.

TROP TARD!

Fleur baisse le nez pour cacher ses larmes.

Sur le linoléum de l'allée, les roulettes de la valise
ont un grincement sinistre…

SUPER!

Les boxes d'Anaïs et de Fleur sont mitoyens.

– On pourra discuter le soir… hein? exulte la
rouquine.

Fleur lui adresse un sourire mouillé.

À cette minute, Élise ouvre les rideaux jaunes. Et
que voient les pensionnaires?

Un petit lit, avec sa veilleuse…

Un placard à une porte…

Un tabouret...

Plus un lavabo riquiqui surmonté d'une mini-tablette et d'un miroir... microscopique!

– Il y a, bien sûr, précise la surveillante, une grande salle de douches à côté du dortoir.

Encore heureux!

Fleur contemple son box avec horreur.

– Trop chouette, hein? braille Anaïs, derrière la cloison.

Bonjour l'extraterrestre-toujours-contente! Lui répondre? Inutile! Elles ne vivent pas dans la même galaxie.

– Maintenant, intervient Élise, vous devez ranger vos affaires et faire vos lits.

Fleur bredouille:

– Mais je n'ai jamais «fait un lit», moi!

– C'est le moment d'apprendre, remarque Élise.

– Pas besoin! À la maison, notre employée de maison se charge de «tout ça».

La surveillante ironise:

– Tu ne serais pas un peu «fille à papa», par hasard?

N'importe quoi! Pour ce qu'elle le voit, son papa…! La bouche de Fleur tremble.

– T'inquiète, dit Jade, je vais t'aider!

Là-dessus surgit Anaïs.

– Moi aussi!

Vite! Elles déplient le linge empilé au pied du matelas. Le drap vole, la housse de couette aussi, la taie d'oreiller *idem*. Abracadabra! Le lit est prêt en trois minutes.

– Tu as vu, Fleur? souligne la surveillante. Ce n'est pas sorcier!

«Ben si!»

Elle a l'air d'une grande sœur, mais elle administre des leçons de morale «à l'adulte». Pour s'imposer. Raté. Elle n'en impose PAS DU TOUT à Fleur.

Tournant le dos à Élise, elle range ses affaires, avec soin, *comme si* elle allait rester à Mont-Rose.

Pourquoi?

Parce que si elle veut réaliser son plan super-top, elle doit ressembler à LA pensionnaire modèle! Touche finale (et géniale) Fleur sort Aristote de son sac. Elle l'assoit sur l'oreiller.

Bien joué!

Quelqu'un qui met son doudou chéri en évidence *paraît* s'installer pour de bon, n'est-ce pas? En plus, le voir là, comme s'il veillait sur elle, la réconforte...

Vêtu d'un costume rose, Aristote est craquant avec ses petits yeux, son museau impertinent et ses oreilles pointues...

Le plus beau rat en peluche du monde!

C'est un cadeau de Papa.

chapitre 7

Abandonnée !

Ça y est !

Les étagères du placard sont pleines. Fleur s'apprête à suspendre la veste rouge sur un cintre…

– Elle est super-belle, murmure Jade.

Celle-ci n'a jamais porté un quelque chose d'aussi chic, Fleur le devine.

– Essaye-la, si tu veux ! dit-elle.

Manque de pot, Élise (à trois pas) objecte :

– Pas question ! À Mont-Rose, le règlement stipule qu'il est interdit de se prêter, ou d'échanger des vêtements.

Là-dessus son portable sonne ; elle répond le dos tourné. Chouette ! L'occasion à saisir ! Jade enfile la veste rouge. Beaucoup trop grande pour elle ! Ses manches pendouillent. Les filles pouffent de rire.

– Qu'est-ce que vous avez à rigoler? s'informe Anaïs.

Elle vidait son barda « chez elle », mais revient dare-dare « chez Fleur ». À cet instant... clic! fin de la communication. Élise annonce d'une voix forte :

– Dépêchez-vous, les sixième, Mlle Keller vient de m'appeler : elle vous attend dans votre classe !

Jade ôte précipitamment le vêtement. Aïe! Un bouton doré résiste. La surveillante se retourne... et c'est Fleur qui prend !

– Au lieu de désobéir, lui dit sèchement Miss Règlement, range donc ta valise vide dans le cagibi à bagages.

Anaïs s'écrie :

– Je vais avec Fleur !

– Et je leur montre où c'est ! renchérit Jade.

À trois, on est plus fortes. Merci les filles ! Elles filent vers le fond du dortoir, où se trouve le cagibi.

MAIS...

Afin de démontrer à Miss Règlement qu'elle obéit (ou désobéit) QUAND ELLE VEUT, Fleur

s'arrête au passage pour regarder OSTENSIBLE-
MENT par la fenêtre…

Un coup d'œil très, très intéressant.

Le dortoir jaune donne sur l'arrière du château,
du côté le plus abrupt de la colline. En bas, Fleur
aperçoit une grande terrasse, d'où dévale un escalier impressionnant. Ses marches se perdent entre
les arbres serrés…

– Tu sais, explique Jade, cet escalier conduit à une
roseraie…

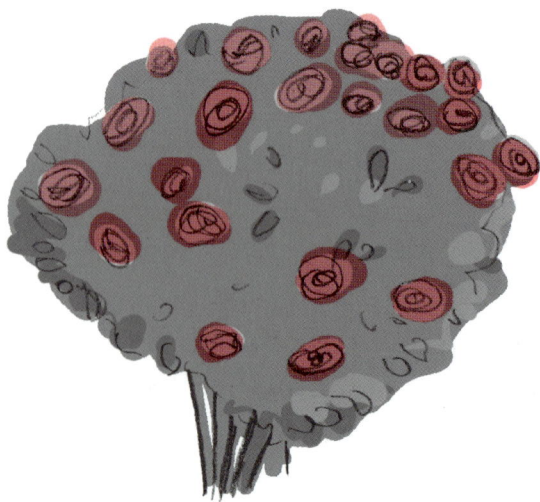

– C'est quoi ?

– Un endroit plein de roses, tiens !

– Ça doit être joli… ! s'extasie Anaïs.

– Oui. Très. Et c'est tout près du village. Quand on va à Vieux-Bourg, on passe par là. Y a une porte dans le mur.

Plus loin, en effet, on voit la ligne grise du mur qui entoure Mont-Rose…

Génial !

Ces informations tourneboulent Fleur. La liberté est à deux pas ! À Vieux-Bourg, il y a sûrement des taxis, pour retourner à Paris…

– Je vous signale, les filles, intervient Élise, qu'il est INTERDIT de descendre de ce côté sans être accompagné par un éducateur…

Fleur laisse échapper un petit rire.

●

Cinq minutes après, les sixième trimballent leurs cartables au rez-de-chaussée de la tour. En tout, elles sont six ou sept filles. Deux garçons les rejoignent. « Coach » consciencieux, Jade accompagne Fleur et Anaïs.

Mlle Keller attend ses « petits » sur le seuil de la classe.

– Cette classe sera votre « chez vous » pendant l'année scolaire, leur dit-elle. Si vous avez des idées de décoration, collages, dessins, bouquets, ou posters de footballeurs, dites-le-moi.

L'air de la liberté est monté à la tête de Fleur. Soudain, elle se sent très, très méchante. Elle lève le doigt.

Mlle Keller sourit.

– Oui ?

– Je voudrais peindre les murs en noir. Genre deuil.

Anaïs éclate de rire.

– Toi alors !

L'éduc', elle, ne sourit plus.

– Allez, entrez, les enfants ! dit-elle.

Malgré les pupitres en rang d'oignons, la classe ressemble plutôt à un ancien salon. Il y a une cheminée de marbre avec un grand miroir, des moulures au plafond et un piano contre un mur.

Fleur capte aussi un détail encourageant : par la porte-fenêtre, on voit bien la grande allée, le chemin de la sortie! D'ailleurs, certains parents s'en vont déjà; quelques voitures filent vers la grille. Et, tout à coup, dans la file, Fleur reconnaît un coupé gris métallisé...

Elle pousse un cri incrédule:

– Maman!

Celle-ci part sans l'avoir embrassée, sans même lui avoir dit au revoir? IMPOSSIBLE. Fleur court à la fenêtre, tourne sa poignée, n'arrive pas à l'ouvrir, la secoue, s'arc-boute, appelle encore...

Mlle Keller se précipite.

– Écoute, Fleur, ta mère était trop triste pour rester. Elle m'a dit de t'expliquer, et que tu comprendrais...

OUI. JE COMPRENDS.

JE COMPRENDS QU'ELLE M'A ABANDONNÉE.

La figure dans les mains, Fleur tombe assise à un pupitre.

– Sois raisonnable, la sermonne l'éducatrice. Vendredi à midi, tu sortiras pour le week-end. À peine quatre jours et demi à attendre...

Quatre jours? Quatre siècles, oui!

De toute façon, Fleur s'enfuira AVANT. BIEN AVANT.

Aujourd'hui, si elle peut.

Chapitre 8

Un drôle de garçon...

Fleur a séché ses pleurs.

Les cartables sont vidés et les pupitres, remplis. Mlle Keller annonce la suite du programme :

1) Au revoir aux parents ;

2) Goûter à la cantine ;

3) Détente dans la « salle télé », avant le dîner à 19 h 30...

À écouter cet emploi du temps minuté – la pension, c'est la prison –, Fleur a la chair de poule. Cependant, elle suit les autres dans le hall. Il faut bien.

Après avoir rencontré le directeur et les profs, les parents attendent leur pensionnaire pour le dernier bisou.

MAIS PERSONNE N'ATTEND FLEUR – BIEN SÛR.

Et ses copines l'oublient déjà, on dirait.

Anaïs s'élance vers sa famille nombreuse.

– Ça va, mon écureuil ? lui demande sa maman.

– SUPER… et j'ai déjà deux copines GÉNIALES !

– On ne va pas te manquer, alors ? bredouille son papa.

Des larmes subites, inattendues, aveuglent Anaïs…

Jade a été happée par son père et sa mère.

Elle ne leur ressemble vraiment pas, constate Fleur. « Avoir beaucoup de mal… » est-ce que ça signifie « adopter » ? Bon. À vrai dire, Fleur s'en moque ! Elle s'écarte. Elle se sent de trop.

Mme Joigny caresse la joue de Jade.

– Tu as bien piloté *tes* nouvelles, mon petit cœur ?

– Sans problème.

– Tout ce que fait Jade est bien fait, se rengorge M. Joigny.

Sa fille esquisse un petit sourire…

Fleur a fini par s'asseoir sur la première marche du grand escalier, et elle imagine plein de trucs.

Elle sort et se cache au fond d'une des voitures en partance. (Dans une heure, elle sonne à la maison...)

Elle sort et se planque au milieu de la « roseraie ». (Dans une heure, tout Mont-Rose la cherche...)

Elle sort et...

– Tu attends quoi, là ? demande une voix pointue.

« J'attends l'occasion de m'enfuir... »

Fleur relève le nez.

Planté devant elle, un garçon maigrichon l'observe.

– J'attends mes copines, répond Fleur avec dédain.

Il est sûrement plus jeune qu'elle. Ses cheveux noirs, hérissés par le gel, lui font des petites cornes ; il doit chercher à se grandir, ce bébé !

– Moi, c'est Ulysse, dit-il.

Fleur reste muette – aucune envie de se présenter à un gringalet (aux mains tachées de peinture, en plus)! Pas découragé, il lui sourit – il a de grosses dents, très carrées, encore dentelées du bout –, et il s'assoit sur la marche.

– Tu es contente d'être ici?

– Pas du tout!

– Ça commence bien, rigole Ulysse.

NON.

ÇA COMMENCE MAL. TRÈS MAL.

– Tu me lâches? grommelle Fleur, je n'ai pas envie de parler.

– Ça m'arrange…

Ulysse se relève d'un bond.

– … t'es pas intéressante!

Ayant craché cette injure, Ulysse détale. Bon débarras! Mais Fleur ne bouge plus. Elle a un de ces coups de blues, tout à coup!

Comment elle se débrouille?

À peine entrée à Mont-Rose, elle se fait mal voir, par Miss Règlement, par Ulysse, voire par Mlle Keller. À part ses copines, personne ne l'aime.

Et après ?
QU'EST-CE QU'ELLE S'EN FICHE !
Puisqu'elle va s'enfuir…

Chapitre 9

Par ici, la sortie !

Le hall s'est vidé peu à peu.

Fleur est toujours assise sur l'escalier.

– Tu viens ? claironne Anaïs.

Fleur saute sur ses pieds, tandis que Jade rapplique en courant.

– On va goûter ?

Quel soulagement… ! Ses copines ne l'ont pas oubliée. À peine leurs parents partis, elles viennent la chercher.

Super, n'est-ce pas ?

Alors, pendant UNE seconde, Fleur n'a plus du tout envie de les quitter. Elle se raisonne. Elle ne va pas rester à Mont-Rose, juste pour deux amies…

Tête basse, elle les suit à la cantine.

Cette salle se trouve au rez-de-chaussée.

Grâce à ses tables rondes, on se croirait (presque) dans un vrai restaurant! Ses portes-fenêtres sont grandes ouvertes et, là, Fleur a un choc: elles donnent sur la fameuse terrasse aperçue du dortoir jaune…

Donc sur l'escalier…

Et la sortie!

Soudain, Fleur a trop chaud, ou froid, elle ne sait pas.

«C'est le moment.»

La cantine est pleine. Les quatrième et les troisième (qui ont colonisé plusieurs tables) font un boucan d'enfer. L'unique surveillant, un jeune binoclard, s'est polarisé sur eux.

– Siiiiiilence, les grands!

Il n'a pas un regard pour les petits. Et Fleur Fontana va lui «échapper»…!

Ça s'appelle la chance…

Pour «fêter la rentrée», la cantinière, postée derrière le comptoir du self-service, sert des viennoiseries aux pensionnaires. Quand c'est à son tour, Fleur met sur son plateau un pain aux raisins, un gobelet de limonade, puis elle file…

– Les filles, je cherche une table!

Elle en trouve une près de la fenêtre ouverte, y pose son chargement…

Et personne ne la voit sortir. Son cœur bat comme un tambour.

Fleur descend à toute vitesse une, trois, cinq marches de l'escalier extérieur…

Il est tellement raide qu'il lui flanque le vertige.

Dès qu'elle pourra se réfugier sous les arbres, ça ira mieux, elle le sait. À cet instant, elle ravale un cri.

ARISTOTE!

Elle ne va pas le laisser ici… le cadeau de Papa!

À grandes enjambées furieuses, Fleur rebrousse chemin. Pas d'affolement. Tout le monde est à la cantine. En trois minutes, elle sera remontée au dortoir, prendra son doudou et… oh! non!…

Ulysse ! Il a surgi, là-haut, sur la première marche de l'escalier.

Maintenant, à vrai dire, ça s'appelle la poisse !

Prise de panique, Fleur fait volte-face, dévale quelques marches.

Ulysse crie dans son dos :

– Hé, ho, où tu vas ?

Elle se retourne à demi : il la suit. Il se rapproche. Il s'apprête à la rattraper.

De quoi il se mêle ?

– Ça va Lassie-chien-fidèle ! crie-t-elle. Je ne t'ai pas sifflé !

Cette invective la déséquilibre. Fleur dérape sur la pierre, se tord le pied, et... ouille ! elle tombe comme un sac de patates deux marches plus bas ! Elle a le souffle coupé.

Ulysse l'a rejointe.

– Tu as du pot, remarque-t-il. Tu aurais pu dégringoler direct jusqu'à la roseraie.

Fleur ne répond pas. Elle se frotte la cheville. Elle a envie de pleurer. Elle est déçue, vexée, désespérée. En prime : elle DÉTESTE cet avorton.

– Où tu allais comme ça ? demande-t-il.

– Voir les roses…

« Personne ne doit savoir la vérité. »

Fleur essaie de se relever... aïe !

– J'ai dû me faire une entorse, bredouille-t-elle.

– Attends, je vais t'aider...

Être obligée d'accepter le coup de main d'un ennemi, ça, c'est dur !

Elle, boitillant, lui, la soutenant, leur retour à la cantine est très remarqué... Super-remarqué, même, car M. le Directeur s'y trouve !

Dans un silence à couper au couteau, il fait son discours d'accueil aux élèves :

– Vous êtes partis pour une année géniale, les enfants ! Ici, à Mont-Rose, vous serez heureux dans le travail scolaire et dans toutes les activités offertes par notre collège qui...

Rideau.

M. Mandois vient d'apercevoir la blessée et son sauveur.

– Qu'est-ce que tu es encore allé inventer, Ulysse ? s'écrie-t-il.

– Moi ? Rien… Papa.

Fleur n'écoute pas la suite.

« Papa ».

Ça ne s'appelle plus la poisse, ça s'appelle « l'acharnement du sort », comme dans les tragédies grecques…

Ulysse est le fils du directeur, et d'ici qu'il cafte… !

Fleur éclate en sanglots.

chapitre 10

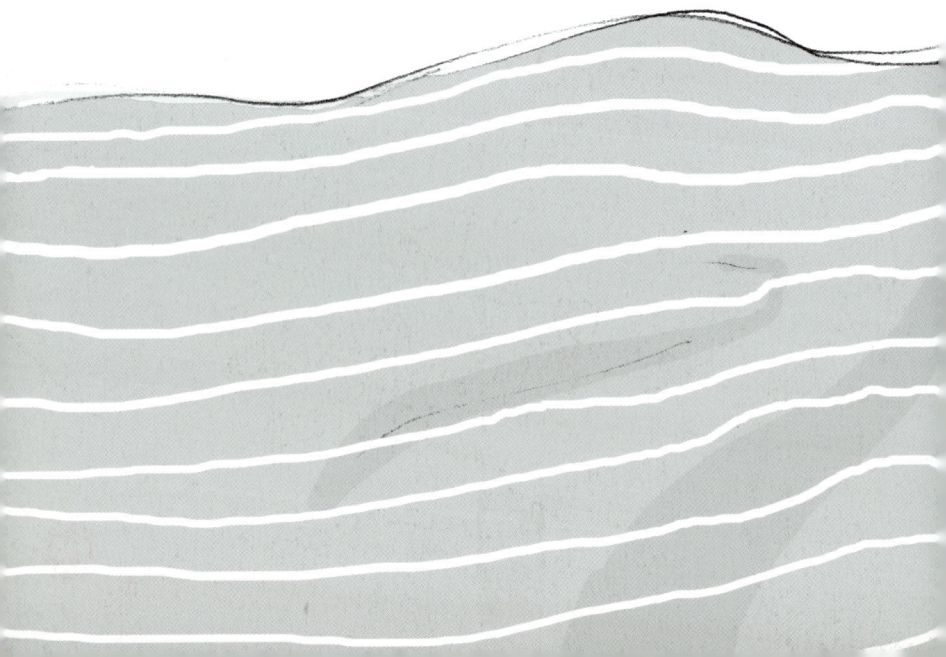

Demain est un autre jour

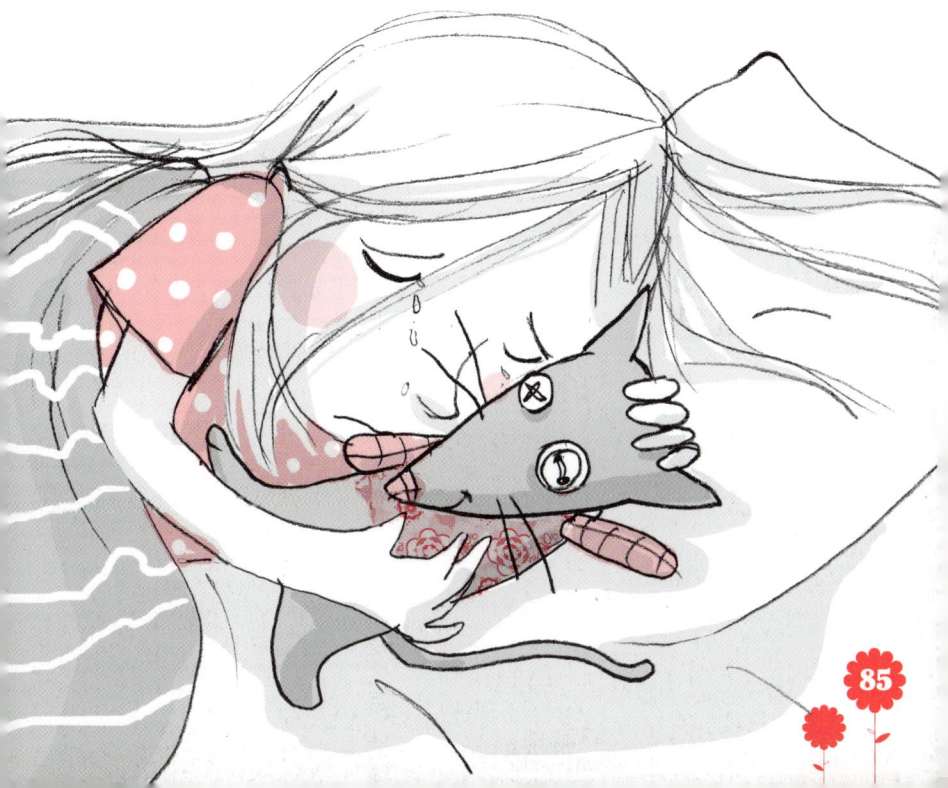

— ... **E**t il fait super-beau! annonce Anaïs.

Fleur a pleuré toute la nuit, le nez dans la peluche d'Aristote. Mais, adoptant la « positive attitude » de Maman, elle se dit : « Tant mieux ! » Ce matin, au moins, elle n'a plus de larmes. Même, elle considère la situation sous un autre angle...

On ne s'évade pas à cloche-pied, n'est-ce pas ?

Et elle souffre trop de la cheville pour fuir, même si elle n'a « rien du tout », d'après l'infirmière du collège (qui n'y connaît rien). Fleur décide donc de remettre son plan super-top à une date ultérieure.

Elle descend courageusement au premier cours de l'année.

Qui est là ? Le fils du directeur ! La (mauvaise) surprise ! Il y a un garçon supplémentaire dans la classe… et il faut que ce soit lui !

– Tu passes en sixième, toi ? s'étonne-t-elle.

Il lui jette un regard noir.

– Ça te dérange ?

Fleur hausse les épaules et s'assoit à sa place. Une chance, celle d'à côté est vide ! Elle peut y étaler ses affaires.

– Dommage, regrette Anaïs, on n'est pas ensemble…

– Mais on le sera à la récré, hein ?

– D'ac-d'ac !

Trente secondes plus tard, une boulette de papier atterrit sur le pupitre de Fleur.

Elle la déplie avec une moue de reine ennuyée.

J'ai pa cafethé,
U.

À cette minute, la prof de français, qui farfouillait dans ses papiers, relève la tête et ordonne :

– Prenez une feuille. Nous allons commencer par un exercice d'orthographe.

Fleur éclate de rire.

Mme Ignace ne s'en offusque pas, la porte s'ouvrant à la volée sur une petite boule brune aux cheveux frisés, une externe venue de Vieux-Bourg.

– Ch'est ichi, la chichième ?

Sa bouche est encombrée d'un appareil rutilant.

– Che chuis Chalomé Cholet, précise-t-elle, et che me chuis perdue…

Fleur échange un coup d'œil complice avec Anaïs. Ouille ! Envoyez les sous-titres ! Mme Ignace n'en a pas besoin :

– Salomé, dit-elle, tu es à côté de Fleur…

Celle-ci dégage la place en question. La nouvelle venue s'assoit.

– On m'appelle aussi Bouboule, tu sais, chuchote-t-elle.

Déjà une confidence ? Fleur l'accepte avec un sourire. C'est drôle. Elle se sent légère, aujourd'hui. Plein de trucs super-géniaux vont lui arriver, elle le parierait… !

– Écrivez une lettre d'une page, à qui vous voulez, reprend Mme Ignace, pour narrer votre rentrée.

Anaïs attrape son Bic. Que raconter ?

Bonjour, Mamie,

Le jour de la rentrée, j'ai rencontré ma meilleure copine. Elle porte très bien son nom : Fleur…

Ça, c'est la vérité.

Mais elle ne regarde pas les grandes personnes (ni les profs). Aussi Anaïs griffonne-t-elle :

Le jour de la rentrée, je suis entrée pour la première fois à Mont-Rose, un château un peu particulier…

Toute la classe « gratte », tête penchée.

Ulysse, lui, soupire, une, deux, trois fois, et sèche

devant sa feuille. L'idée de faire des fautes l'angoisse. Il se décide à gribouiller :

Salut, Grand-père !

Le joure de la rantrée, jé sôvé une fille tré désagréabble...

Fleur s'est emparée de son stylo plume des grands jours. Elle adore écrire, et elle va le prouver à Mme Ignace – qui lui mettra 18/20.

Mon cher papa,

Dans les contes de fées, les larmes se changent en perles, tu me l'as souvent raconté et, tu sais, c'est ce qui m'est arrivé, le jour de la rentrée, à Mont-Rose...

Elle tourne les yeux vers la fenêtre...

Telle Blanche-Neige, Fleur Fontana fuit entre les arbres noirs ; ses longs cheveux font, derrière elle, une comète d'or...

(À suivre)

L'auteur

Moi aussi, je suis allée en pension – pendant quatre ans ! Ce souvenir m'a donné envie d'imaginer les héroïnes de Mont-Rose. Fleur, Anaïs, Jade, Salomé (et les autres) ressemblent beaucoup à mes copines de l'époque. Elles s'appelaient Martine, Daisy, Brigitte, Sylvie et Denise. Nous étions pensionnaires dans un grand château... où il n'y avait pas un seul garçon ! Alors, à l'étude, j'inventais des romans dans lesquels caracolaient de beaux chevaliers. J'aurais adoré avoir un ami comme Ulysse ! Et, maintenant, quand j'écris les aventures des copines, ça m'amuse beaucoup de confronter mon « copain » à ces terribles « petites bonnes femmes »...

www.annemarie-pol.fr

L'illustratrice

Je ne suis jamais allée en pension, mais ma sœur y a fait son lycée et nous a raconté mille petites anecdotes rigolotes ! Alors, forcément j'y ai repensé en illustrant *Les 3 copines*. Pour le reste, je puise dans mes souvenirs : à l'âge de Fleur, Anaïs et Jade, j'étais à l'école aux États-Unis ! On avait une super bibliothèque et j'adorais lire ! Je me souviens que l'on dessinait aussi beaucoup en classe. Le mélange de tout ça a sans doute contribué à me donner envie d'illustrer des histoires... Ce que je fais depuis quelques années maintenant avec toujours autant de plaisir !

Table des matières

Chapitre 1   L'heure H   **4**

Chapitre 2   Bienvenu(e)   **12**

Chapitre 3   Un plan super-top!   **20**

Chapitre 4   Deux futures copines…   **26**

Chapitre 5   … + une troisième!   **34**

Chapitre 6   Le dortoir des larmes   **44**

Chapitre 7   Abandonnée!   **56**

Chapitre 8   Un drôle de garçon…   **66**

Chapitre 9   Par ici, la sortie!   **74**

Chapitre 10 Demain est un autre jour   **84**

L'auteur   **93**

L'illustratrice   **95**

Retrouve Fleur, Anaïs et Jade dans…
« Les filles au pouvoir ! »